yukismart.com/b/ea6a46

1

2

bébé

bebek

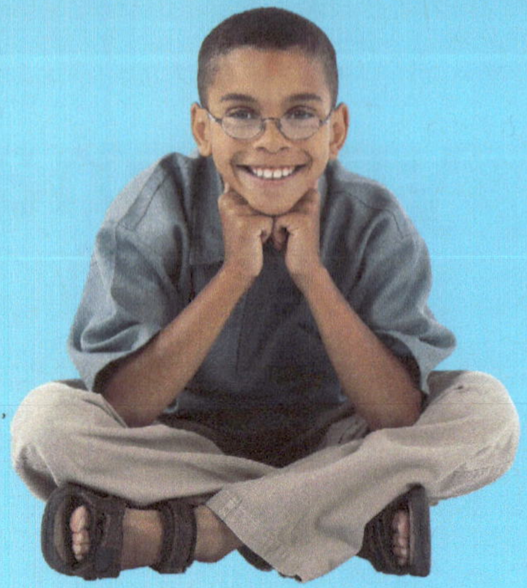

garçon

oğlan

amis

arkadaşlar

fille

kız

sourire

gülümsemek

pleurer

ağlamak

cheveux

saç

oeil

göz

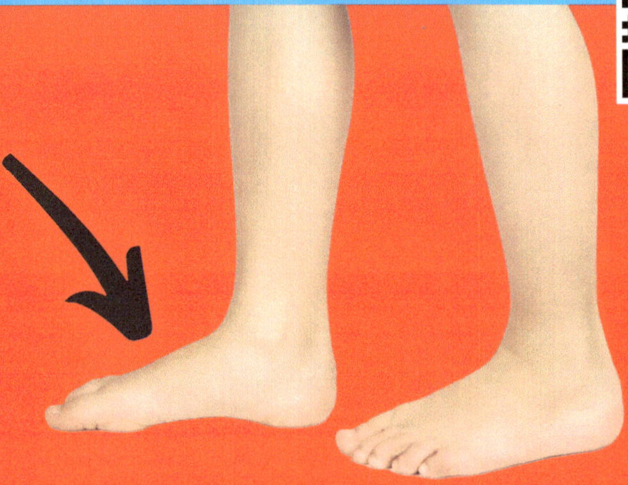

pied

ayak

main

el

nez

burun

dents

dişler

oreille

kulak

langue

dil

soleil

güneş

lune

ay

étoile

yıldız

arbre

ağaç

oiseau

kuş

manteau

palto

pantalon

pantolon

robe

elbise

chaussures

ayakkabı

rouge

kırmızı

bleu

mavi

jaune

sarı

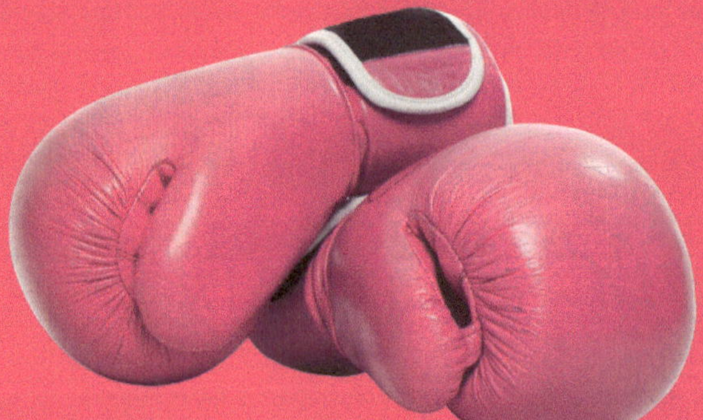

rose

pembe

blanc

beyaz

vert

yeşil

noir

siyah

multicolore

rengârenk

arc en ciel

gökkuşağı

pomme

elma

banane

muz

tomate

domates

orange

portakal

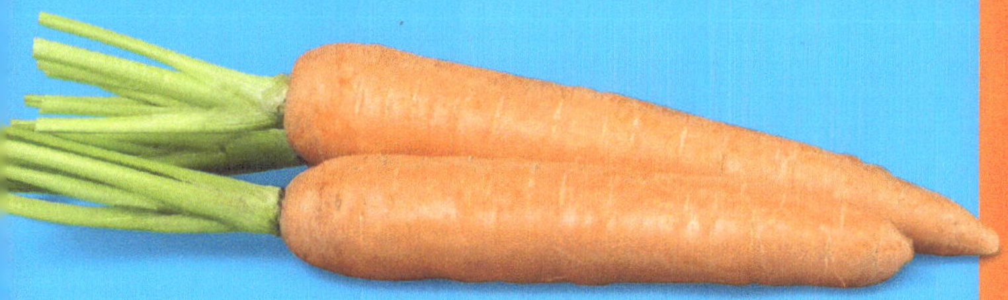

carotte

havuç

petits pois

bezelye

pomme de terre

patates

maïs

mısır

citron

limon

raisins

üzüm

poire

armut

pastèque

karpuz

courgette

kabak

oeuf

yumurta

champignon

mantar

carré

kare

rond

daire

rectangle

dikdörtgen

triangle

üçgen

chat

kedi

chien

köpek

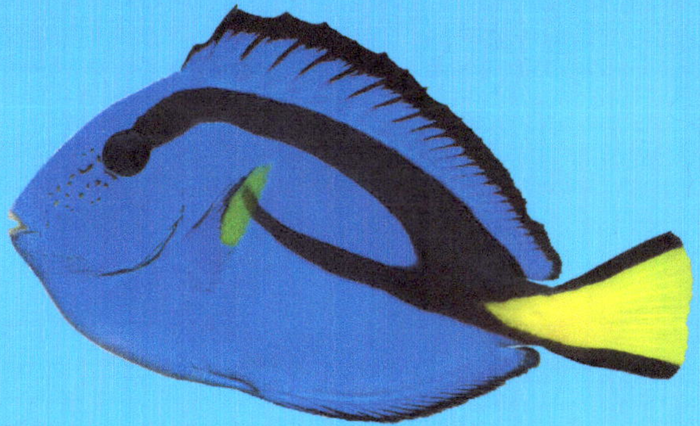

poisson

balık

vache

inek

canard

ördek

poussin

civciv

poule

tavuk

grenouille

kurbağa

cochon

domuz

lapin

tavşan

souris

fare

cheval

at

mouton

koyun

fleur

çiçek

papillon

kelebek

coccinelle

uğur böceği

escargot

salyangoz

gâteau

pasta

pain

ekmek

horloge

saat

clé

anahtar

livre

kitap

ballon

top

table

masa

assiette

tabak

chaise

sandalye

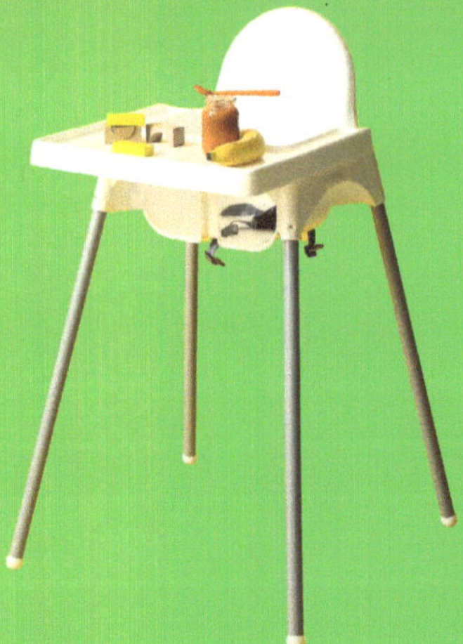

chaise haute

mama sandalyesi

fourchette

çatal

couteau

bıçak

cuillère

kaşık

tasse

kupa

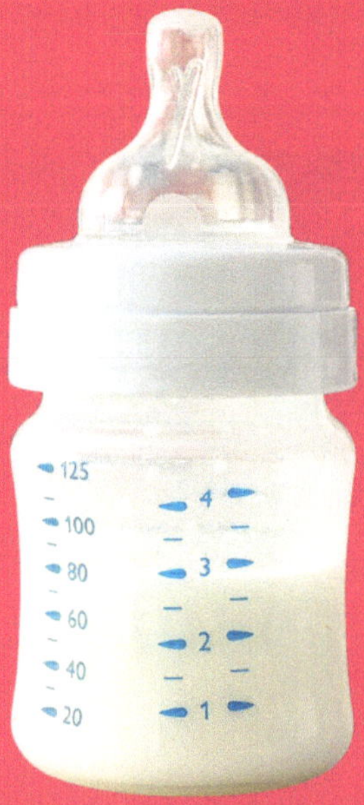

biberon

biberon

verre

bardak

lit

yatak

lit bébé

beşik

ours en peluche

oyuncak ayı

tétine

emzik

serviette

havlu

lavabo

lavabo

brosse à dents

diş fırçası

savon

sabun

toilettes

tuvalet

pot

lazımlık

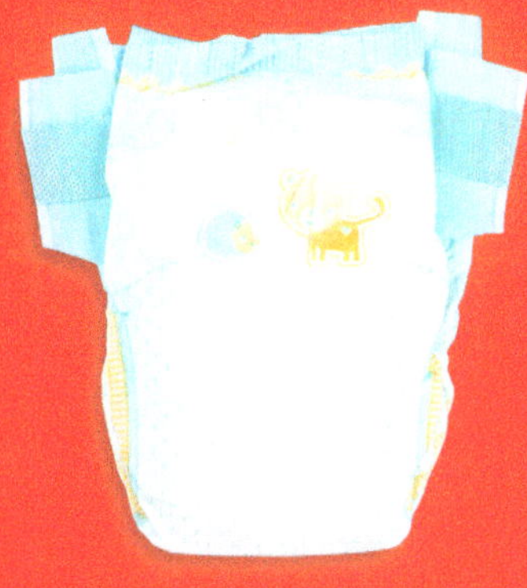

couche

bebek bezi

voiture

araba

vélo

bisiklet

avion

uçak

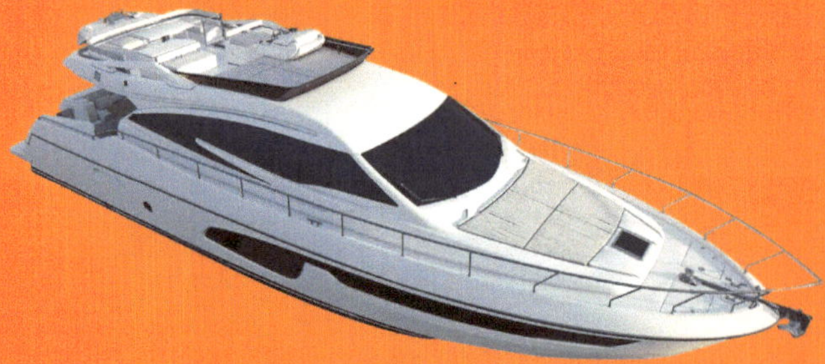

bateau

tekne

camion de pompier

itfaiye arabası

train

tren

jouets

oyuncaklar

LOW
HIGH

Milton Keynes UK
Ingram Content Group UK Ltd.
UKHW021638210823
427138UK00002B/78